MEMOIRE

A CONSULTER:

ET

CONSULTATION

De M^es. POTHOUIN D'HUILLET & TRAVERS,
Avocats au Parlement.

SUR l'Appel comme d'abus interjetté par LEVY de deux Sentences de l'Officialité de Soiſſons, qui l'ont déclaré non-recevable dans ſa demande tendante à contraĉter dans le Chriſtianiſme un nouveau Mariage du vivant de la femme qu'il avoit épouſée dans le Judaïſme.

A PARIS, AU PALAIS,

De l'Imprimerie de la Veuve PAULUS-DU-MESNIL,
Imprimeur-Libraire, au Lion d'or, & à l'Envie.

M. D C C. L V I I.

(3)

MEMOIRE

A CONSULTER.

 ÉVY & MENDEL CERF, nés Juifs l'un & l'autre en Alsace, Diocèse de Strasbourg, Domination de France, s'y sont épousés selon leur Rit toleré dans le lieu.

Ils ont deux filles de ce mariage.

Le 10 Août 1752 Levy a été baptisé en la Paroisse de Montmagny près Anguien, Diocèse de Paris.

Depuis, *Levy* a pris ses deux filles avec lui : Il les a instruites & fait instruire de la Religion Chrétienne : Elles l'ont embrassée, & elles ont reçu le Baptême le Samedy-Saint 13 Avril 1754 à Villeneuve-sur-Bellot, Diocèse de Soissons.

Le 13 May suivant, *Lévy*, qui faisoit sa résidence depuis plusieurs mois avec ses filles au Château de Villeneuve-sur-Bellot, a fait faire à sa femme *Mendel Cerf* à Haguenau en Alsace où elle étoit demeurante, une sommation d'abjurer le Judaïsme, & de venir le rejoindre : L'Exploit le qualifie *Négociant à Paris* :

A ij

Elle a répondu fur l'Exploit même, qu'elle vouloit vivre & mourir dans la Religion Juifve dans laquelle elle étoit née & avoit été éclairée ; qu'elle ne vouloit point retourner avec fon mari ; & qu'elle le fommoit de lui envoyer lettres ou libelle de divorce afin qu'elle pût, fuivant l'ufage des Juifs, en époufer un autre, fi bon lui fembloit.

Le 22 du même mois de May 1754, par Acte en Brevet paffé devant *Quinquet & de Savigny*, Notaires à Paris, *Nicolas Thévart* a donné fon confentement & fa procuration pour autorifer le mariage d'*Anne Thévart* fa fille avec *Lévy*. Cette fille étoit depuis du tems, & elle continue d'être au fervice de la Dame de Ville-neuve-fur-Bellot : La brieveté du tems entre le 13 May 1754, jour de la fommation faite à *Mendel Cerf*, & le 22 du même mois, jour du confentement de *Thévart* au mariage de fa fille avec *Lévy*, fait préfumer que le projet de ce fecond mariage de *Lévy* étoit concerté avec *Lévy*, & formé même par lui avant fa fommation à *Mendel Cerf*.

Le 15 Juin fuivant, *Mendel Cerf* a déclaré devant le Magiftrat d'Haguenau, qu'elle perféveroit dans fon refus de retourner joindre fon mari, & dans la réquifition qu'elle lui avoit faite de lettres ou libelle de divorce.

Le 18 Août de la même année 1754, le fieur *Louis Daoge*, Curé de Villeneuve-fur-Bellot, & le fieur *Béguin*, Procureur d'Office en la Juftice du même lieu, ont donné chacun leurs certificats, portant que *Lévy* eft de bonnes vie & mœurs, qu'il demeuroit en cette Paroiffe depuis quatorze mois, qu'il y avoit fait fes Pâques, & que fes deux filles, qui demeurent avec lui, y avoient été baptifées le Samedy-Saint lors dernier.

Le 2 Octobre fuivant, *Lévy* a fait faire à *Mendel Cerf* fa femme une feconde fignification : Il y eft qualifié *Négociant à Paris*, quoiqu'il fût demeurant à Villeneuve-fur-Bellot : En déclarant à fa femme qu'il lui laiffera le libre exercice du Judaïfme, il la fomme de venir le rejoindre dans vingt-quatre heures ; mais il lui ajoute, que faute par elle de vouloir le réjoindre, ou fe déclarer dans les vingt quatre heures, il fe pourvoira contr'elle & s'établira par nouveau mariage : Elle a répondu fur l'Exploit même par un refus perfévérant, & dans les mêmes termes qu'elle s'étoit expliquée les 13 May & 15 Juin précédens.

Le 4 du même mois d'Octobre, *Lévy* s'eft muni d'un Certificat du fieur *Lantz*, Secretaire de l'Evêché de Strafbourg ; ce Certificat porte : » Qu'il confte par » les Regiftres du Greffe dudit Evêché, qu'il a de tout » tems été d'ufage dans le Diocèfe de Strafbourg de » permettre aux Juifs baptifés de contracter mariage » avec des perfonnes Catholiques, lorfque leurs fem- » mes Juifves ont été refufantes de cohabiter avec eux » après qu'ils avoient reçu le Baptême ; lequel ufage » a été auffi conftamment reconnu par le Confeil Sou- » verain de Colmar, toutes & quantes fois qu'il y a eu » quelque conteftation à ce fujet pour le temporel, » ainfi qu'il confte par nombre d'exemples qui fe trou- » vent dans la Province d'Alface. En foi de quoi j'ai » figné le préfent Certificat, & par ordre de Monfei- » gneur le Grand-Vicaire appofé le Sceau du Grand- » Vicariat de l'Evêché. A Strafbourg, &c.

Depuis, *Lévy* s'eft muni de femblables Certificats du Secretaire de l'Evêché de Toul, du Grand-Vicaire de M. l'Evêque de Verdun, du Vice-Gerent de l'Officialité de Metz, & peut-être d'autres encore.

Le 18 du même mois d'Octobre, *Lévy* a donné sa Requête à l'Official de Strasbourg : Il y a demandé acte des sommations par lui faites à *Mendel Cerf* sa femme, & des déclarations par elle faites en réponses & retenues dans les actes ; qu'en conséquence il fût permis à *Levy* de se pourvoir par mariage en face de la Sainte Eglise Catholique, Apostolique & Romaine avec une personne de la même Religion, & il fût ordonné que la Sentence à intervenir lui servît de permission absolue, sans qu'il en fût besoin d'autre.

Le 23 du même mois *Lévy* a fait assigner *Mendel Cerf* sa femme aux fins de cette Requête : L'Exploit d'assignation donne à *Lévy* la qualité de *Négociant à Paris*, quoiqu'il demeurât à Villeneuve-sur-Bellot.

Sur le vû de ces Requête & Exploit, des deux sommations, & de la déclaration faite le 15 Juin précédent par *Mendel Cerf* devant le Magistrat d'Haguenau, le 7 Novembre de la même année 1754, l'Official de Strasbourg a rendu sa Sentence par défaut contre *Mendel Cerf* : Le dispositif en est conçu en ces termes : » Tout » vû & consideré, oüies les conclusions du Promoteur, » après avoir pris l'avis de nos Assesseurs, nous avons » donné acte au Demandeur des sommations par lui » faites à sa femme Juive par actes des 13 May & 2 » Octobre de la présente année, & des déclarations » par elle faites en réponses & retenues par les Exploits » desdits actes, qu'elle est résolue de vivre & mourir » dans le Judaïsme, & ne veut absolument pas le re- » joindre : En conséquence nous avons déclaré qu'il » est libre audit Demandeur de se pourvoir par ma- » riage en face de la Sainte Eglise, Catholique, Apos- » tolique & Romaine, avec une personne de la même » Religion, en observant les formalités requises, sans

» qu'il foit befoin d'autre permiſſion de notre part. «
Une circonſtance à obſerver, c'eſt que l'Official qui
a rendu cette Sentence eſt M. l'Evêque d'*Uranople*,
qui réunit cette qualité avec celle de Vicaire Général
de l'Evêché de Straſbourg.

Lévy a gardé cette Sentence dont l'expédition lui a
été délivrée, ſans la faire alors ſignifier à *Mendel Cerf*
ſa femme.

Depuis *Lévy* s'eſt muni encore d'un Acte paſſé, le
premier Juin 1755, en Brevet devant *Béguin*, Notaire
(en même-tems que Procureur Fiſcal) à Villeneuve-
ſur-Bellot, par lequel *Anne Thévart* a conſenti à la
recherche qu'il faiſoit d'elle & à la publication de
leurs bans.

Ayant enſuite été propoſé au ſieur *Daage*, Curé de
Villeneuve-ſur-Bellot, de publier ces bans, & le Curé
en ayant fait refus, le 13 Juin 1755 *Lévy* par Exploit
extrajudiciaire a fait ſignifier au Curé le Certificat du
Secretaire de l'Evêché de Straſbourg du 4 Octobre
1754, la Sentence de l'Official de Straſbourg du 7
Novembre 1754, le conſentement de *Nicolas Thévart*
du 22 May 1754, l'Acte mortuaire de *Marguerite Do-*
libeau ſa femme, l'Acte baptiſtaire d'*Anne Thévart* leur
fille, & l'Acte de ſon conſentement; & enfin ſon propre Acte de Baptême; & par ce même Exploit, *Lévy* a
invité, prié, réquis, interpellé, & en tant que beſoin
feroit ſommé le Curé de publier les bans pour
le futur mariage d'entre lui & *Anne Thévart* le premier Dimanche lors prochain : Le Curé a fait refus
au moment même, & *Lévy* par le même Exploit lui a
déclaré qu'il ſe pourvoiroit par les voies de Droit &
devant le Juge Royal : Il ne faut pas omettre que l'Exploit qualifie *Lévy de Marchand Négociant*, BOURGEOIS

DE *VILLENEUVE-SUR-BELLOT*, Y DEMEURANT, & où *il a volontairement établi, fixé & acquis fon véritable domicile par une habitation continue depuis plus d'un an & jour, avec une intention réflechie de fixer SUBORDON-NEMENT A L'ORDRE DE LA PROVIDENCE fa perpétuelle demeure audit lieu.*

Le 28 du même mois de Juin 1755, *Lévy* a donné fa Requête à l'Official de Soiffons : Il y a conclu à ce qu'il fût ordonné que la Sentence de l'Official de Strafbourg feroit exécutée ; qu'en conféquence il fût enjoint au Curé de Villeneuve-fur-Bellot, & propre Curé de lui *Lévy* & d'*Anne Thévart*, de proceder à la publication des bans pour leur futur mariage, à la premiere réquifition qui lui en feroit faite ; finon & en cas de refus permis d'en faire faire la publication aux dépens du Curé par le premier Prêtre fur ce requis.

Le 30 du même mois, *Lévy* a fait affigner le Curé de Villeneuve-fur-Bellot aux fins de cette Réquête en l'Officialité de Soiffons.

Dans le cours de cette Inftance ainfi formée, la D⁰. de Villeneuve-fur-Bellot, Maraine de *Lévy*, qui avoit *Anne Thévart* à fon fervice, & dans le Château de laquelle l'un & l'autre logeoient, follicitoit vivement pour ce mariage : Elle s'étoit adreffée par plufieurs lettres miffives à M. l'Evêque d'*Uranople*, (Grand-Vicaire & Official de Strafbourg, comme on a dit.) Sur une derniere lettre d'elle du 19 Juin 1755, M. l'Evêque d'*Uranople* écrivit le 8 Juillet fuivant à M. l'Evêque de Soiffons à ce fujet ; entr'autres chofes contenues en cette lettre, ces termes font principalement à remarquer : » La fufdite Dame a fi fort à cœur ce » mariage qu'elle eft déterminée d'en demander dif- » penfe ou permiffion à Rome, fi Votre Grandeur

approuve

» approuve fon deffein, & fi elle veut bien, en ce cas,
» permettre ledit mariage du nommé *Lévy*.

Le 6 Août de la même année 1755, le Curé de
Villeneuve-fur-Bellot répondant à l'affignation que
Lévy lui avoit fait donner, déclara que fon objet étoit
moins de défendre à la demande de *Lévy* que de s'en
rapporter à Juftice : Qu'il avoit pris d'abord la pré-
caution de s'en rapporter à fes Superieurs dans l'Ordre
Ecclefiaftique : Qu'on avoit jugé qu'il ne devoit dé-
ferer à la fommation qui lui avoit été faite qu'après
que la chofe auroit été décidée par un Jugement émané
d'un Tribunal *compétent ;* qu'il n'entroit donc dans la
conteftation que pour propofer fes doutes : Que le
Certificat du Secretaire de l'Evêché de Strafbourg du
4 Octobre 1754, & la Sentence de l'Officialité de
Strafbourg du 7 Novembre 1754 ne faifoient pas un
titre vis-à-vis de lui, & ne pouvoient calmer fes in-
quiétudes : Que le changement de Religion ne devoit
point (felon lui) fervir de prétexte à rompre fon premier engagement pour en contracter un nouveau, l'é-
levation du mariage à la dignité de Sacrement n'étant
point la feule caufe de fon indiffolubilité, laquelle
lui paroiffoit également fondée fur le Droit naturel,
l'ordre & le bien de la Societé, & le Droit divin,
nonobftant le fentiment de quelques Théologiens, ou
quelques décifions équivoques balancées par d'autres
abfolument oppofées : Que d'ailleurs la Sentence de
l'Officialité de Strafbourg n'avoit point été fignifiée à
Mendel Cerf : Que les deux fommations à elle faites lui
paroiffoient infuffifantes; la premiere, parce qu'elle
exprimoit pour premier objet que *Mendel Cerf* abjurât
fa Religion, ce qui de la part de *Lévy* fon mari, &
dans un Exploit, étoit une abfurdité; la feconde,

B

parce que le délai de vingt-quatre heures y prefcrit paroiſſoit trop court, précipitation qui ſe montre auſſi dans l'obtention de la Sentence de l'Officialité de Straſbourg du 7 Novembre 1754 non ſignifiée.

Le 23 du même mois d'Août 1755, *Lévy* a fait ſignifier à *Mendel Cerf* ſa femme cette Sentence de l'Officialité de Straſbourg du 7 Novembre 1754: L'Exploit de cette ſignification le qualifie *Négociant à Paris*, quoiqu'il fît ſa demeure au Château de Ville-neuve-ſur-Bellot. *Mendel Cerf* étoit abſente depuis deux mois : On ne ſçavoit point quand elle revien-droit: Sa mere, en recevant la copie de l'Exploit pour elle, l'a ainſi déclaré, & a ajouté que jamais ſa fille ne rejoindroit *Lévy* ſon mari; qu'elle vouloit mourir, comme elle eſt née, dans le Judaïſme ; & qu'elle de-mandoit toujours à *Lévy* ſon mari des lettres ou le libelle de divorce.

Le 28 du même mois *Lévy* a dénoncé cette ſignifi-cation au Curé de Villeneuve-ſur-Bellot.

Le 30 *Lévy* a requis du Curé qu'il le fiançât avec *Anne Thévart* : Le Curé en a fait refus, attendu les ordres qu'il a dit avoir de M. l'Evêque de Soiſſons.

Le 4 Septembre ſuivant, après qu'il avoit été or-donné dès le 28 Août précédent en l'Officialité de Soiſſons un Déliberé dans la Cauſe, l'Official a rendu une premiere Sentence portant :» Nous avons déclaré » (*Lévy*) la Partie de Mᵉ. Charpentier d'Aizy non-» recevable en ſa demande *quant-à-préſent*, & l'avons » condamné aux dépens envers led. ſieur Daage « Curé de Villeneuve-ſur-Bellot. Cette Sentence a été le même jour ſignifiée par le Procureur de *Lévy* aux pro-teſtations de ſe pourvoir, au Procureur du Curé.

Le 15 Octobre 1755 *Lévy* a fait faire à *Mendel Cerf*

une nouvelle sommation de venir le rejoindre : Il y a
été répondu par une persévérance d'elle dans son
refus.

Le 16 Janvier 1756, *Lévy* a donné une nouvelle
Requête à l'Official de Soissons, à ce qu'attendu qu'il
avoit satisfait à tout ce qu'on avoit exigé de lui, il fût
ordonné qu'il seroit passé outre à la publication des
bans pour son mariage avec *Anne Thévart*, & ensuite
à la célébration dudit mariage : Cette Requête a été
renvoyée à l'Audience.

Le 5 Février 1756 l'Official de Soissons, par une
seconde Sentence, a purement & simplement déclaré
Lévy non-recevable en sa demande, & l'a condamné
aux dépens.

Lévy s'est muni d'une Consultation de trois Avocats
en datte du 24 Mars 1756, sur le vû de laquelle il a
obtenu le 27 du même mois en la Chancellerie du
Palais à Paris, Lettres qui le reçoivent Appelant comme
d'abus des deux Sentences de l'Officialité de Soissons
des 4 Septembre 1755 & 5 Février 1756 ; & relevant
ledit appel comme d'abus.

Le 6 Avril suivant il a intimé, en vertu de ces
Lettres sur cet appel comme d'abus, Monsieur l'Evêque de Soissons, & le Curé de Villeneuve-sur-Bellot.

Le 24 Novembre 1756, il a donné sa Requête au
Parlement. Il y a conclu à ce qu'il soit dit qu'il a été
mal & abusivement jugé par les Sentences : A ce qu'il
soit enjoint au Curé de Villeneuve-sur-Bellot de proceder à la publication des bans de son futur mariage
avec *Anne Thévart*, & ensuite à la célébration d'icelui ;
en observant les formalités prescrites par les Loix &
Ordonnances, à ladite réquisition : Et à ce que M. l'E-
vêque de Soissons & le Curé soient condamnés aux

dépens des caufes principale, d'appel & demande.

La Caufe mife la premiere au rôle de Vermandois en Novembre 1757, a été déja plaidée pendant plu-fieurs Audiences en la Grand'Chambre du Parlement : Il y a été conclu pour *Lévy*, Appelant comme d'abus, conformément à fa Requête du 24 Novembre 1756 : Et pour M. l'Evêque de Soiffons & le Curé de Ville-neuve-fur-Bellot, Intimés, purement & fimplement à ce qu'il foit dit qu'il n'y a abus dans lefdites Senten-ces, & que l'Appelant foit condamné en l'amende & aux dépens.

On demande au Confeil de donner fon avis fur cette Caufe & d'en déduire les motifs.

CONSULTATION.

L E CONSEIL SOUSSIGNÉ, qui a pris lecture du Mémoire ci-joint, & qui eft requis de donner fon avis fur la Caufe y énoncée, à toutes les Audiences de laquelle l'un des Souffignés a affifté régulierement jufqu'à ce jour, après s'être remis fous les yeux l'Im-primé contenant fon avis du 15 May 1752 à la fuite de différens actes & piéces, ESTIME : Que d'abord la déclamation entrée dans la défenfe de M. l'Evêque de Soiffons contre la conduite de *Lévy*, ne mérite aucun égard.

En premier lieu, il n'y a point à faire à *Lévy* de reproche légitime fur fa conduite avant fon Baptême. Les Souffignés ne lui auroient pas donné leur avis du 15 May 1752, & le Curé de Montmagny ne l'auroit point baptifé le 10 Août fuivant, fi cette conduite n'avoit pas été approfondie, & fi alors l'innocence de *Lévy* n'avoit pas été publiquement reconnue. Dans la conduite que *Lévy* a tenue depuis, il ne réfulte de la Plaidoirie ni preuve ni particularifation même d'aucun fait repréhenfible : Tous les reproches fe font réduits à des généralités & à des interprétations forcées auf-quelles la Juftice ne s'arrête jamais : D'ailleurs ces gé-néralités & ces interprétations paroiffent démenties, non-fimplement par le Certificat du Procureur d'Office de la Juftice de Villeneuve-fur-Bellot qui pourroit paffer pour fufpect en fa qualité d'Officier de la Damè de la Seigneurie, qui loge chez elle tant *Anne Thévart* que *Lévy* & fes deux filles, & s'intéreffe à ce mariage de *Lévy* avec *Anne Thévart ;* mais par le Certificat du Curé même du lieu, qui ne devroit pas être fufpect fpécialement pour M. l'Evêque de Soiffons.

En fecond lieu, c'eft fans l'aveu & fans la partici-pation même de M. l'Evêque de Soiffons que cette déclamation s'eft faite, il n'y a point à en douter : Et quand même *Lévy* auroit été ou feroit devenu auffi déreglé qu'on s'eft efforcé de le dépeindre, il feroit criminel de verfer fur un Prélat, tel que M. l'Evêque de Soiffons, auffi pénétré de Religion, & auffi rempli de lumieres, le fimple foupçon de s'être prêté à cette peinture, & de s'être en cela éloigné de fon divin modele JESUS-CHRIST même, qui ne s'eft point uni S. Jean, chap. 8. aux Accufateurs de celle qui lui étoit amenée, encore qu'elle fût convaincue.

En troifiéme lieu, cette déclamation eft abfolument étrangere à la Caufe, & n'influe en aucune maniere fur ce qui en fait l'objet. Et en effet, *Lévy*, baptifé, veut contracter un nouveau mariage durant la vie de *Mendel Cerf* fa femme qu'il avoit époufée dans la Religion Juive : Y fera-t-il admis, ou non ? Voilà bien l'objet précis de la Caufe. Or la décifion de cet objet dépend uniquement de la diffolubilité ou de l'indiffolubilité du lien qu'il a contracté dans le Judaïfme : Que ce lien foit diffoluble, qu'il foit indiffoluble, ce n'eft point par la conduite qu'il en faut décider, mais par les principes : La conduite réguliere n'y influeroit en rien : La conduite la plus déreglée n'y pourroit influer davantage.

C'en eft affez pour qu'il demeure démontré que la déclamation faite de la conduite de *Lévy*, foit avant, foit depuis fon Baptême, a été purement gratuite dans cette Caufe, qu'elle n'a rien qui puiffe conduire à la décifion, & qu'elle doit être confiderée abfolument inutile.

DISCUSSION DES DEUX SENTENCES.

Paffant maintenant à ce dont il s'agit, afin de le difcuter avec exactitude & précifion, il faut commencer par développer ce qui a déterminé le prononcé des deux Sentences dont *Lévy* eft Appelant comme d'abus.

Ces deux Sentences ont déclaré *Lévy*, la premiere, *non-recevable quant-à-préfent*, la feconde, purement & fimplement *non-recevable* dans fa demande aux fins d'obtenir la publication des bans & la bénédiction nuptiale pour un mariage qu'il veut contracter avec *Anne Thévart*, nonobftant que *Mendel Cerf* qu'il avoit époufée dans le Judaïfme, & dont il a deux filles, foit vivante.

Cette demande, (fur la décifion de laquelle n'influoient en aucune maniere ni les mœurs de *Levy*, ainsi qu'il a été établi, ni les mœurs d'*Anne Thévart* sur le même fondement,) ne pouvoit se décider qu'ou par le domicile des Parties qui proposent de contracter ce mariage, ou par la Procédure tenue, ou par le manque de procedé de *Lévy* envers *Mendel Cerf*, ou purement par la question de dissolubilité ou d'indissolubilité du lien contracté par mariage dans le Judaïsme entre *Levy* & *Mendel Cerf.*

Quant au domicile, soit de *Lévy*, soit d'*Anne Thévart*, s'il s'y étoit trouvé quelque défaut, & si ce défaut, relevé ou non relevé par les Parties, avoit déterminé le Jugement, au lieu de *déclarer* L E V Y *non-recevable dans sa demande*, le prononcé des Sentences auroit été un *renvoi* de la demande, sauf à *Lévy* à se pourvoir comme bon lui auroit semblé, ce qui eût voulu dire, devant les Juges qui devoient en connoître; l'Official de Soissons, au moyen de ce défaut de domicile, devenant incompétent aux termes des Ordonnances. Les Sentences ont *déclaré* L E V Y *non-recevable*, & n'ont point prononcé le *renvoi* de sa demande : Donc leur motif n'a pas été aucun défaut dans le domicile des Parties.

Dans le fait, il ne s'est élevé dans le cours de l'Instance pendante en l'Officialité de Soissons aucun doute sur ce domicile respectif des Parties : Celui d'*Anne Thévart* à Villeneuve-sur-Bellot n'a point été méconnu : Celui de *Lévy* dans le même lieu a été reconnu & attesté même le 18 Août 1754 par le Curé, qui, relativement au tems postérieur au 18 Août 1754, n'a point incidenté sur ce domicile de *Lévy* par ses écritures du 6 Août 1755 : Donc le prononcé des Sentences n'a eu pour motif & pour fondement aucun défaut de domicile.

Dans le droit, il eſt indiſpenſable de penſer de
même. Et en effet, depuis que les Sentences ont été
rendues, il n'a point été découvert de défaut dans l'ac-
quiſition qu'avoit faite *Anne Thévart* d'un domicile à
Villeneuve-ſur-Bellot : A l'égard de celui qu'avoit
acquis *Lévy* dans le même lieu, on y a bien contredit
dans la défenſe de M. l'Evêque de Soiſſons à l'appel
comme d'abus ; mais les nuages qu'on a cherché à y
répandre n'ont été appuyés que ſur la qualité de *Négociant à Paris* donnée à *Lévy*, tant dans ſa Procédure faite
à Straſbourg, que dans ſes Exploits ſignifiés en 1754 à
Haguenau à *Mendel Cerf* ſa femme : Or pareille qualifi-
cation qui n'avoit aucun trait au contenu en ces Pro-
cédures & en ces Exploits, n'a pas une force ſuffiſante
pour conſtituer un domicile perſonnel qu'établit uniquement la volonté de laquelle il eſt de regle de juger
d'abord par le devoir, s'il en exiſtoit ; enſuite, s'il
n'en exiſtoit point, par l'expreſſion claire & préciſe ;
& enfin, à défaut d'expreſſion de cette nature, par le
fait de la perſonne même dont le domicile eſt à connoître & à déterminer. Rien ne formoit un devoir à
Lévy d'avoir ſon domicile à Villeneuve-ſur-Bellot :
Lévy néanmoins y avoit ſon domicile de fait avant
même qu'il s'en fût exprimé ; c'eſt ce que conſtatent
les Certificats donnés le 18 Août 1754 par le Curé &
le Procureur Fiſcal du lieu : Depuis, *Lévy* n'a point
perdu ce domicile de fait, puiſqu'il n'eſt ni prouvé ni
articulé même aucun changement de fait de ſa part :
Il s'eſt au-contraire expliqué nettement que ſa volonté
étoit de l'avoir & le garder ; c'eſt ce que contient ſa
ſommation au Curé du 13 Juin 1755 : S'il a ajouté,
que c'étoit *ſubordonnément à l'ordre de la Providence &
avec une intention réflechie*, raiſonnablement cela ne
peut

peut s'interpréter qu'en confirmation de cette volonté, & non pas en une referve fecrette d'en changer : Le domicile de *Lévy* à Villeneuve-fur-Bellot eft donc conftant. Ainfi il ne s'eft trouvé réellement aucun défaut dans le domicile refpectif des Parties : Conféquemment aucun défaut de domicile n'a pû être imaginé dans le droit, ni dès-là fervir de motif au Jugement de la demande de *Lévy* porté par les Sentences.

Quant à la Procédure tenue à Haguenau, à Strafbourg, à Soiffons, & quant au procedé de *Lévy* envers *Mendel Cerf ;* c'eft dans l'éxactitude que le Curé, par fes écritures du 6 Août 1755, avoit préfenté à remarquer trop de dureté dans la fommation du 13 May 1754 de *Lévy* à *Mendel Cerf*, trop de brieveté dans le délai de fimplement vingt-quatre heures accordé par celle du 2 Octobre fuivant; trop de précipitation dans l'obtention de la Sentence de l'Officialité de Strafbourg du 7 Novembre fuivant; trop peu d'attention enfin à n'avoir point fait fignifier à *Mendel Cerf* cette Sentence jufques alors : Le Curé auroit pû relever avec une égale juftefle l'indécence dans *Lévy* d'avoir, au moment précifément de fa premiere fommation à *Mendel Cerf* fa femme, peut-être même & felon toutes apparences auparavant, non-feulement conçu le défir d'époufer *Anne Thévart*, mais s'en être ouvert à *Anne Thévart;* mais en avoir concerté le projet avec elle & même avec le pere d'elle, comme le prouvent le confentement donné par ce pere & la datte de ce confentement qui eft du 22 May 1754, moment auquel à peine *Lévy* pouvoit-il avoir reçu à Paris des nouvelles de cette premiere fommation faite le 13 du même mois à *Mendel Cerf* à Haguenau.

Il n'a été remedié par *Lévy* qu'à l'obmiffion de figni-

C

fication à *Mendel Cerf* de la Sentence de l'Officialité
de Strasbourg : Il la lui a fait signifier le 23 Août 1755,
& a dénoncé le 28 du même mois cette signification
au Curé ; mais presser aussitôt le Jugement, il y avoit
de la part de *Lévy* une précipitation encore trop mar-
quée & qui repugnoit.

C'étoient autant de circonstances défectueuses, il
faut en convenir : Les unes étoient proposées par le
Curé : Les autres proposables : Il n'en est échapé aucune à l'Official de Soissons : Mais il ne s'y est point
arrêté, & aucune ne lui a servi de motif dans ses deux
Sentences : La preuve s'en trouve dans le prononcé
même de chacune : L'Official n'a point *débouté Lévy*
de sa demande : Il l'y a déclaré *non-recevable*.

Ces deux manieres de prononcer, ou par *débouté*,
ou par *non-recevable*, ont des significations fort différentes, quoiqu'elles produisent le même effet. Le *débouté* juge que celui contre qui cette forme de prononcer est employée n'a point de titre : Le *non-recevable* juge qu'il y a un titre contre lui, & perpétuel
tant que ce *non-recevable* subsiste.

Ainsi *Lévy* n'a pas été *débouté* par les Sentences,
parce que l'Official ne s'est pas borné à juger que *Lévy*
n'avoit point de titre : *Lévy* a été déclaré *non-recevable*
dans sa demande, parce que l'Official a jugé en outre
qu'il y avoit contre *Lévy* & sa demande un titre existant & perpétuel.

Ce titre est le lien contracté par mariage dans le Judaïsme entre *Lévy* & *Mendel Cerf* : L'Official a vû ce
lien contracté réellement entr'eux, il l'a jugé existant
& perpétuel entr'eux tant qu'ils vivroient l'un & l'autre. C'est-là le véritable, & ce ne peut avoir été que
l'unique motif du *non-recevable* prononcé par les Sentences.

Il eſt vrai que la premiere du 4 Septembre 1755, n'a prononcé ce *non-recevable* que *quant à préſent*, ce qui étoit une limitation ; mais cette limitation n'avoit aucun trait à *Lévy*, & n'exigeoit de lui aucune tentative ou démarche nouvelle vers ou contre *Mendel Cerf* à l'effet de rompre le lien : *Lévy* s'eſt fait illuſion lorſqu'il ſe l'eſt ainſi imaginé par ſa Requête du 16 Janvier 1756 : Le véritable & l'unique motif de cette limitation a été la conſideration de la Sentence de l'Officialité de Straſbourg du 7 Novembre 1754 : Cette Sentence n'a pas été regardée comme ſimple Procédure : Sous ce point de vûe elle n'auroit pas arrêté le Jugement définitif : Elle étoit un ſentiment, une ſimple opinion, mais émanée de l'autorité : Ce double caractere qu'elle portoit & de ſentiment ou d'opinion, & de ſentiment ou opinion émanée d'autorité, eſt ſeul ce qui a tenu le Jugement définitif en ſuſpens pour quelque tems à Soiſſons : La force de ce double caractere a été approfondie : Et c'eſt parce que l'Official de Soiſſons n'a pas trouvé le ſentiment ou opinion de cette Sentence de Straſbourg appuyée en principe, que, laiſſant cette Sentence de Straſbourg pour ce qu'elle pouvoit être, & uſant pleinement de ſa maniere de penſer & de ſon droit propre & perſonnel, par la ſeconde Sentence du 5 Février 1756, il a rendu définitif le même *non-recevable*, qu'il n'avoit par les mots *quant-à-préſent* prononcé que proviſoirement & pour un tems par la premiere.

Ainſi c'eſt le lien d'entre *Levy* & *Mendel Cerf*, c'eſt ſa réelle exiſtance, ſa validité, ſon unité & indiſſolubilité, qui a été l'unique motif des deux Sentences de l'Official de Soiſſons, & l'unique objet qui ait été jugé proviſoirement & pour un tems par la premiere, & diffinitivement par la ſeconde.   C ij

Validité des deux Sentences.

La validité de ces Sentences eſt préſentement ce qu'il s'agit d'établir. Il pourroit s'élever à cet égard deux doutes; l'un ſur la compétence de l'Official de Soiſſons; l'autre ſur le fond même que les Sentences ont jugé.

Compétence de l'Official de Soiſſons.

Par rapport à la compétence de l'Official de Soiſſons, elle ne ſouffre pas la moindre difficulté.

En premier lieu : Elle n'a pas été contredite, & au contraire *Lévy* s'y eſt pourvu lui-même.

En ſecond lieu : Dès que le domicile des Parties, qui propoſent de contracter mariage entr'elles, étoit dans le Diocèſe de Soiſſons, l'Official de Soiſſons étoit le ſeul Compétent pour juger des obſtacles qui ſe trouvoient à ce mariage.

En troiſiéme lieu : C'eſt la Juriſdiction de l'Evêque que cet Official exerce. Or tout ce qui appartient à la Doctrine, étant de la compétence de l'Evêque, & l'exiſtance, la validité, l'unité & indiſſolubilité d'un mariage étant une matiere de Doctrine, c'eſt compétemment qu'en a connu l'Official pour M. l'Evêque de Soiſſons dans l'affaire de *Lévy.*

En quatriéme lieu : L'article 34 des Lettres Patentes du mois d'Avril 1695, (conformément à l'article 4 de l'Ordonnance de 1539, & à l'article 12 des Lettres Patentes de 1606) met les cauſes concernant les Sacremens au nombre de celles dont il eſt ordonné que la connoiſſance appartiendra aux Juges d'Egliſe.

Enforte que tout concourt à établir cette compétence de l'Official de Soiſſons.

Fond jugé par les Sentences.

Par rapport au fond jugé par les Sentences, il n'y
avoit rien de mieux établi.

Le mariage contracté dans le Judaïſme entre *Lévy*
& *Mendel Cerf* eſt valable : Il eſt ſubſiſtant : Il eſt un
& indiſſoluble.

Mariage d'entre LÉVY & MENDEL CERF valable.

Il eſt valable, parce qu'il a été contracté par un
conſentement libre de l'une & de l'autre Partie, & par-
ceque le Rit du Judaïſme toleré par la Puiſſance publique y a été obſervé. Ce contrat tenoit au Droit naturel & à la Religion chez les Juifs mêmes : En ce qu'il
tenoit au Droit naturel, il n'a eu aucun vice : En ce
qu'il tenoit à la Religion chez les Juifs, il n'a rien eu
de repréhenſible : Donc la validité en eſt conſtante.

Mariage d'entre LÉVY & MENDEL CERF ſubſiſtant.

Il ſubſiſte, parce que dans le Judaïſme même il n'y
avoit point lieu au divorce entre *Lévy* & *Mendel Cerf* ;
parce qu'il n'y a point eu de divorce entr'eux ; parce
qu'enfin il ne peut plus y en avoir.

En premier lieu : Il n'y avoit point lieu au divorce
entre *Lévy* & *Mendel Cerf* dans le Judaïſme même. Par
la Loi de Moyſe le libelle du divorce ne pouvoit pas
ſe donner arbitrairement : Il falloit qu'il y eût une
cauſe. Selon Moyſe ce devoit être quelque vice de

nature ou honteux, *propter aliquam fœditatem*, est-il
dit dans le Deuteronome *. Selon JESUS-CHRIST, **
ce devoit être uniquement l'adultere : Or aucune de
ces causes ne se rencontroit entre *Lévy* & *Mendel Cerf :*
Ils en ont l'un & l'autre rendu eux-mêmes témoignage ;
Lévy en cela précisément qu'il a sommé *Mendel Cerf*,
comme sa femme, de revenir avec lui ; *Mendel Cerf*,
en lui demandant qu'il lui envoyât le libelle de divorce, parce que faute de cause autorisée par sa Loi,
elle ne pouvoit elle-même le lui donner.

* Deuteronome, 24, 1.
** Matth. 5, 32 : 19. 9.

En second lieu : Il n'y a point eu de divorce entre
Lévy & *Mendel Cerf : Lévy* n'en a donné le libelle ni
avant ni depuis son Baptême à *Mendel Cerf :* Et *Mendel
Cerf* ne le lui a point donné non plus, puisqu'au-contraire elle le lui a demandé.

En troisiéme lieu : Il ne peut plus y avoir de divorce entr'eux : D'abord *Mendel Cerf* ne peut en donner le libelle : 1°. Le Pentateuque, en accordant pouvoir de donner ce libelle, n'a accordé ce pouvoir
qu'au mari nommément, & non à la femme : 2°. Sup-
posé que l'abus se fût introduit que la femme pût
également le donner au mari, comme JESUS-CHRIST
en saint Marc *, & saint Paul en sa premiere Epître
aux Corinthiens *, donnent lieu de le présumer en
même-tems qu'ils le proscrivent, il suffit qu'il ne se
trouve point en faveur de *Mendel Cerf* de cause autorisée par la Loi de Moyse, pour qu'il ne soit pas en
son pouvoir de le donner : A l'égard de *Lévy*, il suffit
qu'il ait embrassé la foi de JESUS-CHRIST, & reçu le
Baptême pour qu'il ne soit plus en son pouvoir de
donner le libelle de divorce, si ce n'étoit pour cause
d'adultere dont il n'est ici nullement question.

* Marc. 10, 11.
* 1 Cor. 7, 10.

Mariage d'entre Lévy & Mendel Cerf *un & indiffoluble.*

Enfin il eft un & indiffoluble, parce qu'en général d'une part le mariage eft l'ouvrage de Dieu, & que d'autre part Dieu l'a fait pour être *un grand figne en* Jesus-Christ, *& en l'Eglife*, Sacramentum hoc magnum est, *ego autem dico* in Christo et in Ecclesiâ, dit faint Paul.[*].

* I. Ephef. 5, 32.

Mariage, Ouvrage de Dieu.

D'abord il eft l'ouvrage de Dieu, il l'a été dans Adam & Eve : Il l'a été & il l'eft dans toute leur pofterité, fans diftinction des Fideles d'avec les Infideles, & fans en excepter les Infideles mêmes. A l'égard d'Adam & Eve, c'eft Dieu qui vifiblement feul & par lui-même les a unis : Il a formé cette union lorfqu'après avoir affoupi Adam, lui avoir tiré pendant fon fommeil une côte & avoir créé Eve de cette côte, il a amené Eve à Adam. A l'égard de toute leur pofterité, Infideles comme Fideles, c'eft Dieu auffi qui eft l'Auteur (mais invifible, en déterminant les volontés dans le confentement qu'elles donnent) de l'union qui s'y opere par mariage libre, légitime & non contraire au Droit naturel ; cette vérité eft reconnue dans l'Ecriture, lorfqu'y étant dit qu'on tient de famille les héritages & les biens, il eft remarqué qu'on ne tient une femme prudente que de Dieu : *Domus & divitiæ dantur à parentibus* ; à Domino autem proprie uxor prudens [*] ; & Jesus-Christ le décide pofitivement, lorfqu'il donne pour raifon d'exclure le divorce, que l'homme ne doit point féparer *ce que Dieu a joint* : Quod Deus conjunxit, *homo non feparet.*[*]

* Prov. 19, 14.

* 2. S. Matth. 19, 6.

Mariage grand figne en Jesus-Christ *& en l'Eglife.*

Enfuite Dieu a fait le mariage pour être *un grand figne en* Jesus-Christ *& en l'Eglife :* En Jesus-Christ, pour repréfenter l'union du Verbe avec la Chair, par la prife de l'humanité & fa jonction à la Divinité. En l'Eglife, pour repréfenter tant l'union de Jesus-Christ *Dieu-Homme,* (& non pas *Homme-Dieu,* comme s'expriment les Charnels) avec l'Eglife, que l'incorporation des Elus au Corps myftique de Jesus-Christ. L'union d'Adam & Eve dans l'état d'inno-cence a repréfenté merveilleufement & vifiblement ce double figne ; car de même que leur union s'étoit operée par la feule volonté & la Toute-Puiffance de Dieu, de même auffi c'eft par la feule volonté & la Toute-Puiffance de Dieu que s'eft operée l'union du Verbe & de l'Humanité, enfemble l'union de Jesus-Christ & de l'Eglife, & l'incorporation des Elus au Corps myftique de Jesus-Christ. Il en eft de même de l'union par mariage légitime depuis le péché d'A-dam & d'Eve dans toute leur poftérité. Parmi les Infi-deles comme parmi les Fideles, elle a repréfenté & repréfente ce double figne : Avant l'incarnation du Verbe & fon union avec l'Eglife, cette repréfen-tation en étoit une Prophetie : Depuis elle eft devenue un témoignage de fon accompliffement, avec cette différence entre l'union par mariage chez les Infideles, & le mariage des Fideles par rapport uniquement à l'incorporation des Membres au Corps myftique de Jesus-Christ, que l'union des Infideles n'en eft qu'un figne ftérile pour eux & un témoignage qu'ils igno-rent ; au lieu que le mariage des Fideles eft pour eux

un

un figne qu'ils connoiffent & que JESUS-CHRIST leur rend utile.

Effet de l'unité & indiffolubilité du mariage.

L'effet de cette unité & indiffolubilité du mariage confifte en ce que tant que le mari & la femme vivent ici bas tous deux & en même-tems, le mari demeure attaché à fa femme, pour, lui & elle étant deux, ne former qu'une feule chair fuivant l'Ecriture : *Homo, eft-il dit, adhærebit uxori fuæ, & erunt duo in carne unâ*. * Genefe, li 24.

Ce paffage de l'Ecriture eft une Peinture & une Loi.

Cette expreffion eft tout à la fois & une Peinture de ce qui eft, & une Loi qui prefcrit que cela foit ainfi : Selon le texte de la Genefe, c'eft Adam qui a prononcé ces expreffions & comme Peinture & comme Loi pour toute fa pofterité ; mais en même-tems qu'Adam exer-çoit en cela même & le droit d'enfeignement qu'il devoit à tous fes defcendans , & le pouvoir qu'il avoit reçu, comme leur fouche, de leur donner des Loix, il avoit reçu lui-même de Dieu cet enfeigne-ment & cette Loi pour lui & fes defcendans, & il étoit l'organe par lequel Dieu même donnoit à tous les hommes cet enfeignement & cette Loi : C'eft une vérité que JESUS-CHRIST même a développée, en at-tribuant au Créateur les propres paroles qu'Adam avoit prononcées fuivant la Genefe : » N'avez-vous » pas lû, dit-il, * que celui qui dès le commencement » a créé l'homme, les créa mâle & femelle, & qu'il dit : » Pour cette raifon l'homme abandonnera fon pere & » fa mere & il s'attachera à fa femme, & deux feront * S. Matth. 19 , 4, 6.

D

» dans une feule chair : Ainfi ils ne font plus deux,
» mais une feule chair : Que l'homme ne fépare donc
» pas ce que Dieu a joint : *Non legiftis, quia*, QUI
» FECIT HOMINEM AB INITIO, *mafculum & fœminam*
» *creavit eos*, & DIXIT : *Propter hoc, dimittet homo pa-*
» *trem & matrem &* ADHÆREBIT UXORI SUÆ, & *erunt*
» *duo in carne unâ? Itaque jam non funt duo, fed una*
» *caro : Quod* ERGO *Deus conjunxit, homo non feparet.* «
Le mot latin *adhærebit,* exprime plus que fa verfion
en notre Langue, *il s'attachera,* & c'eft autant afin
d'en décrire tout le fens & toute l'énergie que pour
exprimer une vérité particuliere, que fe trouvent ajou-
tés immédiatement après, ces mots, » & deux feront
» en une feule chair, *& erunt duo in carne unâ.* « Saint
Jerôme, fur ce texte de faint Mathieu, releve qu'étant
dit : » Il s'attachera A SA FEMME, *adhærebit* UXORI SUÆ,
» il n'eft pas dit *à fes femmes,* NON UXORIBUS : « Il
exalte cette prérogative du mariage, de former de
deux une feule chair, en l'appellant un *Recompenfe,*
PRÆMIUM *nuptiarum è duobus unam carnem fieri.* La
chafteté jointe à l'efprit de deux époux, ajoute-t-il,
ne fait proprement des deux qu'un feul efprit, *caftitas*
junɛta fpiritui, unus efficitur fpiritus.

L'unité & indiffolubilité du mariage fe trouve
donc folidement établie & dans fon inftitution par la
volonté & l'opération de Dieu, & dans fon effet par
l'identification des deux conjoints en une feule chair,
car c'eft ce que rend le mot *adhærebit ;* de telle maniere que les deux perfonnes qui fe marient, par leur
union ceffent d'être deux & deviennent une feule
chair, *itaque jam non funt duo, fed una caro.*

Unité & indissolubilité du mariage ne doit s'enfraindre.

Comme volonté & opération de Dieu, il n'appartient à personne d'y toucher pour l'enfraindre : Aucune Puissance créée n'a de capacité à cet effet, & qui l'entreprendroit, feroit un sacrilege suivant le Pape Sirice en sa Lettre à un Evêque de Toulon (*a*) : Aussi cette unité & indissolubilité du mariage est-elle de Précepte divin & immuable, puisqu'ainsi qu'il a été établi, Dieu lui-même directement en a fait une Loi à Adam & Eve pour eux & pour toute leur posterité,& qu'Adam usant du devoir d'enseignement & du pouvoir qu'il avoit reçu sur tous ceux qui devoient descendre de lui, la leur a transmise.

Et cette Loi non-seulement déclare le lien du mariage un & indissoluble, mais elle emporte interdiction de le rompre, & cette interdiction est absolue & sans exception. Que l'homme donc ne sépare pas ce que Dieu a joint : *Quod ergo Deus conjunxit homo non separet.*

Cette Loi instituée dans la création même, & avant le péché, subsiste la même depuis le péché. Sous la Loi naturelle, elle a été en vigueur : Sous la Loi de Moyse, elle s'est conservée ce qu'elle étoit dès son origine : Sous la Loi de Grace, elle se montre dans tout son éclat.

(*a*) *De conjugali autem violatione requisisti, si* DESPONSATAM *alii puellam alter in matrimonio possit accipere? Hoc ne fiat modis omnibus inhibemus, quia* ILLA BENEDICTIO *quam nupturæ Sacerdos imponet, apud Fideles* CUJUSDAM SACRILEGII INSTAR EST *, si ulla transgressione violetur. In Codice Canonum & Constitutionum Ecclesiæ Romanæ.* Oeuvres de saint Leon imprimées à Paris, chez Coignard en 1675, tome 2, page 120. Cette autorité aura bien plus de force encore, s'il s'agissoit d'une simple fiancée & non encore mariée; comme il peut y avoir lieu de l'entendre.

A' été en vigueur fous la Loi naturelle.

Sous la Loi naturelle, le violement de l'unité & indiffolubilité du mariage étoit une prévarication & une fouillure : Les enfans des hommes s'y livroient, & les enfans de Dieu s'en abftenoient : C'étoit un des principaux caracteres diftinctifs entr'eux.

Quant aux Patriarches, leurs différens mariages n'ont pas été une infraction à l'unité & indiffolubilité primitive & en vigueur : Nés pour figurer le Meffie & pour tracer le plan de fes Myfteres qu'il devoit opérer parmi & en faveur des hommes, leurs actions myfterieufes ont été dirigées par la fainteté, la fageffe & la main de Dieu même, pour la fin à laquelle ils étoient appellés, fans que Dieu qui eft faint par effence & un en toutes fes perfections, y ait jamais contredit ce qu'il avoit immuablement ordonné : Leurs exemples ne peuvent donc, ni même ne doivent pas être tirés à conféquence pour des cas ordinaires, tels que celui dont il s'agit.

S'eft confervée fous la Loi de Moyfe.

Sous la Loi de Moyfe, l'unité & indiffolubilité du mariage s'eft confervée ce qu'elle étoit dans fon origine : La preuve s'en trouve dans le Deuteronome : Après qu'il y a été parlé de la répudiation, il y eft fuppofé qu'une femme répudiée fe fera remariée : Qu'enfuite elle aura perdu ce fecond mari, ou par nouvelle répudiation, ou par mort; il s'agit alors de ftatuer fi le premier mari de cette femme pourra la reprendre : Et Moyfe répond que le mari ne pourra plus la reprendre pour sa femme, *non poterit prior maritus recipere eam in uxorem.* La raison qu'en donne Moyse est ce qui décide notre proposition, *parce que,* dit-il, *elle a été souillée, & qu'elle est devenue abominable devant le Seigneur,* QUIA POLLUTA EST ET ABOMINABILIS FACTA EST CORAM DOMINO. En quoi consiste cette souillure, qui a rendu cette femme *abominable aux yeux du Seigneur,* si ce n'est en ce que par son second mariage elle a prévariqué, en voulant, autant qu'il étoit en elle, détruire l'unité & indissolubilité de son premier mariage, qui étoit l'ouvrage de Dieu ? Et Moyse développe toute l'énormité de ce crime par la recommandation qu'il fait ensuite : » Ne souffrez pas, » dit-il, qu'un tel péché se commette dans la terre » dont le Seigneur votre Dieu doit vous mettre en » possession : *Ne peccare facias terram tuam, quam Do-* » *minus Deus tuus tradiderit possidendam* *. * Deutér. 24, 4.

Nonobstant la permission du divorce.

Mais comment concilier, dira-t-on, ce texte de Moyse ainsi interpreté, avec l'autorisation qu'il a faite du divorce ?

Pour répondre à l'objection, il faut d'abord tenir pour certain que le divorce n'opéroit point sous la Loi de Moyse la dissolution du lien des deux époux, mais simplement la séparation de corps & d'habitation entr'eux.

Quant à la dissolution du lien formé entre les deux époux par leur premier mariage légitime, jamais Moyse n'a entendu que le divorce le pût rompre ; non-seulement il ne l'a dit en aucune sorte, mais il résulte évidemment de la défense qu'il a faite au mari de reprendre fa femme répudiée lorfqu'elle auroit eu un fecond mari, & du motif fur lequel il a fondé cette défenfe, que jamais il n'en a eu la penfée : Eh comment lui feroit-elle venue, fçachant que le mariage contient un vœu de chacun des deux époux & une promeffe avec ferment devant Dieu de maintenir leur union, lui qui avoit ordonné de la maniere la plus expreffe l'exécution du vœu & des promeffes faites avec ferment, *Si quis virorum votum domino voverit, aut fe conftrinxerit juramento, non faciet irritum verbum fuum, fed omne, quod promifit, implebit**?

*Nomb. 30, 3.

Quant à la fimple féparation de corps & d'habitation, il eft vrai que Moyfe l'a permife; & JESUS-CHRIST nous enfeigne que c'eft à caufe de la dureté du cœur des Juifs : *Moyfes ad duritiam cordis.... permifit**. Or à cet égard deux remarques font à faire; la premiere eft de Saint Ambroife fur Saint Luc* ; Moyfe l'a permis, dit-il, mais Moyfe ne l'a point commandé : *Moyfes permifit.... non juffit*. La feconde eft, que Moyfe n'a point rendu cette permiffion générale : il l'a limitée & reftrainte au feul cas de quelque vice qui répugneroit à la propagation & l'empêcheroit, *propter aliquam fœditatem**, ce font fes termes.

*S. Matth. 19, 8.

* 16, 18.

* Deuter. 24, 1.

Se montre dans tout fon éclat fous la Loi de Grace.

Sous la Loi de Grace l'unité & indiffolubilité du mariage fe montre dans tout fon éclat. JESUS-CHRIST l'a confirmé en difant que le mariage fépare ceux que la nature avoit unis : » l'homme, dit-il, abandonnera fon » pere & fa mere, *dimittet homo patrem & matrem;* que fon lien eft plus fort que celui de la nature : » l'homme » s'attachera à fa femme, *adhærebit uxori fuæ;* que fon effet eft que les deux époux ne foient qu'une feule chair, & *erunt duo in carne unâ*, & qu'en devenant ainfi une feule chair, ils ceffent d'être deux pour ne faire qu'un, *itaque jam non funt duo fed una caro*; que le mariage a effentiellement le caractere d'un & indiffoluble, & l'effet de former de deux une feule chair, parce qu'il eft l'ouvrage de Dieu, *Deus conjunxit*; que le divorce n'a été que permis par Moyfe, *Moyfes permifit*; que Moyfe n'a accordé cette permiffion qu'à la dureté du cœur des Juifs, *ad duritiam cordis veftri*; que cette permiffion ou tolérance eft contraire à l'inftitution du mariage, *ab initio non fuit fic*; que la Loi de cette inftitution doit être exécutée, que l'homme ne doit donc pas féparer ce que Dieu a joint, *quod ergo Deus conjunxit homo non feparet* * ; qu'il eft plus aifé que le Ciel & la Terre paffent, qu'une feule lettre de la Loi manque d'avoir fon effet, *facilius eft autem cœlum & terram præterire quàm de lege unum apicem cadere* * ; qu'en conféquence quiconque quitte fa femme & en prend une autre commet un adultere, & que quiconque époufe celle que fon mari a quittée commet un adultere, *Omnis qui dimittit uxorem fuam, & alteram ducit, mœchatur; & qui dimiffam à viro ducit, mœchatur* * ; qu'enfin le mari qui ayant quitté fa femme en époufe une feconde, rend adultere cette feconde, *quicunque dimiferit uxorem fuam, & aliam duxerit, adulterium committit fuper eam* *.

Saint Paul enfeigne la même doctrine; il dit qu'une femme mariée eft liée par la Loi du mariage à fon mari tant qu'il eft vivant *, *quæ fub viro eft mulier vivente viro, alligata eft legi*; & ailleurs, *mulier alligata eft legi, quanto tempore vir ejus vivit* *.

Ce grand Apôtre ne pouvoit pas avoir fur le ma-

* S. Matth. 19. 5 & 6.

* S. Luc, 16, 17.

* Ibid. v. 18.

* S. Marc, 10, 11.

* Rom. 7, 2.

* I. Corinth. 7, 39.

a'iage une doctrine différente de celle de Jesus-Christ, lui qui enseignoit que le mariage étoit un grand signe en Jesus-Christ & en l'Eglise ; car c'est sur son autorité principalement que cette proposition a été ci-devant établie, *Sacramentum hoc magnum est , ego autem*

Ephes. v. 32. *dico , in Christo & in Ecclesiâ* *. Et ces paroles ne sont dites qu'à la suite de la preuve qu'il venoit d'en donner, & n'en sont proprement que le résumé. Il venoit de faire le paralelle du lien des deux époux unis par le mariage, avec l'union de *Jesus-Christ* époux, & de l'Eglise son épouse. » Demeurez, disoit-il, dans
» la dépendance les uns des autres dans la crainte de
» Jesus-Christ. Que les femmes soient soumises à leurs
» maris comme au Seigneur, parce que le mari est le
» chef de la femme comme Jesus-Christ est le chef
» de l'Eglise qui est son corps.... Ainsi les maris doi-
» vent aimer leurs femmes comme leur propre corps.
» Celui qui aime sa femme, s'aime soi-même ; car nul
» ne hait sa propre chair ; mais il la nourrit & l'entre-
» tient comme Jesus-Christ fait l'Eglise, *subjecti in-*
» *vicem in timore Christi, mulieres viris suis subditæ sint,*
» *sicut Domino, quoniam vir caput est mulieris , sicut*
» *Christus caput est Ecclesiæ, ipse Salvator corporis ejus...*
» *Ita & viri debent diligere uxores suas ut corpora sua ;*
» *Qui suam uxorem diligit, seipsum diligit ; nemo enim*
» *unquam carnem suam odio habuit , sed nutrit & fovet*

* Ephes. 5 , 21, » *eam, sicut & Christus Ecclesiam* *. Il avoit fait ensuite
22 , 23 , 28 & 29. le paralelle de cette même union d'un mari & d'une femme, qui de deux les rend une même chair, avec l'union du Verbe avec la chair, ensemble avec l'union (suite nécessaire de cette première) des Elus au Corps de Jesus-Christ, qui les fait membres de ce Corps, de la même chair de ce Corps, & des mêmes

Oɔ

os de ce Corps, *quia*, continue-t-il, *membra sumus corporis ejus, de carne ejus, & de ossibus ejus.* Et il avoit ajouté que ces paroles avoient été le motif, *propter hoc*, de l'établissement de cette Loi primitive : » L'homme
» laissera son pere & sa mere, & s'attachera à sa fem-
» me, & deux seront en une seule chair, PROPTER HOC, *relinquet homo patrem & matrem suam, & adhærebit uxori suæ, & erunt duo in carne unâ*[*]. C'est immédia- [*]Ibid. v. 30 & 31. tement après qu'admirant la beauté de ces paralelles, il en prend occasion de faire sentir toute la grandeur du mariage, qu'il serve ainsi de signe à l'union de Jesus-Christ & de l'Eglise, & à l'union ou incorporation des Elus dans le Corps de JESUS-CHRIST, duquel Corps mystique ils sont membres, chair & os.; & c'est dans un transport merveilleux & instructif pour nous, qu'il s'écrie, *Sacramentum hoc magnum est, ego autem dico, in Christo & in Ecclesiâ!*

Dans ce principe, posé par Saint Paul, que la femme est liée avec son mari tant qu'il vit, & dans la grandeur du signe de ce lien qu'exalte ce grand Apôtre, se trouve établie l'unité & indissolubilité du mariage. Quant au principe, il est clair & sans équivoque. Quant au signe, il est sensible qu'il doit, tant que vivent les deux époux, avoir le même caractere d'un & indissoluble qu'ont l'union du Verbe avec la chair, l'union de JESUS-CHRIST avec l'Eglise, & l'union des Elus dans le Corps de JESUS-CHRIST, dont ils sont membres, chair & os; parce que les unions figurées, & l'union par mariage qui les figure, sont également l'ouvrage de Dieu, qu'aucune volonté créée ne peut détruire.

C'est sur le fondement de cette vérité reconnue, & tout rempli qu'il est de cette doctrine sublime &

E

divine, que chargé par miniſtere d'intimer les Commandemens du Seigneur dans leur pureté, il ordonne, en déclarant cependant que ce n'eſt pas lui, mais que c'eſt le Seigneur qui ordonne, *prœcipio, non ego, ſed Dominus,* qu'une femme ne ſe ſépare point de ſon mari ; que ſi elle s'en ſépare, elle reſte ſans contracter de nouveau mariage, & qu'un mari n'abandonne point ſa femme : *Uuxorem à viro non diſcedere, quod ſi diſceſſerit,* MANERE INNUPTAM.... *& vir uxorem non dimittat* *.

* 1 Cor. 7. 10
& 1 1.

Deux choſes étoient à conſidérer dans le mariage ; le lien même qui en eſt la ſubſtance, & les effets de ce lien, conſiſtans dans le ſecours réciproque que ſe doivent les deux époux, leur habitation commune & toutes autres obligations acceſſoires.

Saint Paul les a lui-même diſtinguées. Il a réprouvé toute rupture du lien, & tout obſtacle à ſes effets.

Quant au lien, il a décidé nettement & ſans la moindre équivoque la queſtion, & rejetté toute rupture par le principe qu'il établit que la femme eſt liée à ſon mari tant qu'il vit ; principe qui emporte réciprocité de lien, c'eſt-à-dire que le mari eſt également lié à ſa femme tant qu'elle vit ; & par le précepte qu'il déclare être fait par le Seigneur, qu'une femme qui ſe ſépare de ſon mari reſte ſans ſe remarier, *manere innuptam*, précepte qui pareillement eſt réciproque ; en ſorte qu'il enjoint par identité de raiſon, au mari que ſa femme a quittée, de ne ſe point marier. Cette déciſion de Saint Paul contre toute rupture du lien, ne ſe borne pas au lien contracté, ſoit chez les Juifs, ſoit chez les Chrétiens, qui le contractoient par Religion & en ſe mettant eux-mêmes ſous la préſence de Dieu pour lui adreſſer leur vœu & leur ſerment de maintenir leur union ; elle s'étend aussi au lien contracté par les Infideles ou Payens & Idolâtres, parce qu'elle est fondée sur le droit naturel qui est écrit dans leur cœur, comme leur conscience en rend témoignage par la diversité des réflexions & des pensées qui les causent ou qui les défendent ; *Ostendunt opus legis scriptum in cordibus suis, testimonium reddente illis conscientiâ ipsorum, & inter se invicem cogitationibus accusantibus aut etiam defendentibus,* dit cet illustre Apôtre *.

* Rom. 1, 15.

Quant aux effets de ce lien, consistans dans le secours mutuel, l'habitation commune & autres obligations accessoires, il s'en est expliqué particulierement en sa premiere Epître aux Corinthiens, chap. 7.

Cette Epître n'étoit adressée qu'aux Fideles qui avoient embrassé la Foi en JESUS-CHRIST, *sanctificatis in* CHRISTO JESU *: Et il fait bien connoître qu'il ne l'adresse point à d'autres, lorsqu'il s'excuse pour juger ceux qui sont hors de l'Eglise, desquels il laisse le jugement à Dieu, *quid enim mihi de iis qui foris sunt judicare ? ... Eos qui foris sunt, Deus judicat *. C'est une premiere observation à ne point perdre de vûe.

* 1 Cor. 1, 1.

* Ibid. 5. 12 & 13.

Le divorce, proscrit entierement par JESUS-CHRIST & par conséquent parmi les Chrétiens, pour toute autre cause que l'adultere, mais qui avoit lieu parmi les Juifs & parmi les Payens, ne s'opéroit chez les uns & chez les autres que solemnellement & avec des formalités publiques. C'est un point de fait constant & qu'il est important de ne pas ignorer pour bien entendre l'endroit dont il s'agit.

Les Apôtres & les Disciples de JESUS-CHRIST inspiroient aux Fideles de vivre en paix au-dedans & au-dehors, & de faire regler dans l'Eglise les différends

qui pouvoient naître entr'eux, plutôt que de les porter devant les Magiſtrats publics : Et Saint Paul s'étoit
étendu ſur ce ſujet dans le chapitre 6 de cette même
Epître : c'eſt encore une remarque qui eſt ici de grande
utilité.

Dans le chapitre ſept Saint Paul répond à différentes queſtions que les Corinthiens lui avoient propo-
ſées, puiſqu'il annonce ces queſtions à l'entrée de ce
chapitre, *de quibus autem ſcripſiſtis mihi*, dit-il, ſi ces
queſtions étoient ſous les yeux, les réponſes ſe feroient
ſentir plus aiſément, & on auroit été infiniment plus
reſervé à y répandre des nuages ; mais ces réponſes,
quoique ſans les queſtions, ſont aſſez claires après les
principes ci-devant établis.

Saint Paul conſulté, pour ſans doute apprendre de
lui ſi en général mari & femme pouvoient ſe ſéparer,
pour garder la continence dans l'état du mariage, & à
cette occaſion ſi en particulier l'infidélité pouvoit &
devoit même être un motif de ſéparation ; après avoir
preſcrit un uſage reglé du mariage, fait ſentir la ſu-
périorité de la continence, & laiſſé aux Vierges &
aux Veuves le ſoin de ſe juger elles-mêmes, & de choiſir
ou le célibat ou l'état du mariage, enſuite voulant inſ-
truire les gens mariés ſur leur ſéparation, ſoit pour
garder la continence, ſoit pour toute autre cauſe,
commence par diſtinguer deux claſſes de gens mariés ;
la premiere, formée de mari & femme, tous deux
Chrétiens, ſoit qu'ils ſe fuſſent mariés dans l'Egliſe &
y euſſent reçu la bénédiction ſacramentelle, ſoit qu'ils
euſſent été mariés avant d'embraſſer la Foi de JESUS-
CHRIST, & que leur mariage eût été contracté ou dans
le Judaïſme ou dans le Paganiſme. La ſeconde, formée de mari & femme, dont l'un ayant embraſſé

la Foi de JESUS-CHRIST, l'autre étoit demeuré infidele, soit Juif, soit Payen.

Il adresse la parole d'abord aux maris & femmes de la premiere classe, c'est-à-dire à tous maris & femmes qui se trouvoient tous deux Chrétiens, *iis autem qui in matrimonio juncti funt* *, & il leur dit : » J'ordonne, » non pas moi, mais le Seigneur, *præcipio, non ego*, » *sed Dominus*, que la femme ne se retire point de son » mari, *uxorem à viro non discedere* *. Il prévoit que l'adultere pourroit lui donner occasion de se retirer ; & sans expliquer cette cause, parce qu'étant l'unique pour des Chrétiens, elle leur étoit connue, & que d'ailleurs il s'agissoit de présenter une regle qui fût générale pour les Chrétiens, & qui dût s'étendre au conjoint fidele qui pourroit se trouver fondé à se séparer de son conjoint infidele, il ajoute toujours comme précepte du Seigneur, » que si elle s'en retire, elle de- » meure sans contracter de nouveau mariage, *quod* » *si discesserit* MANERE INNUPTAM, c'étoit une suite nécessaire de l'indissolubilité du lien ; & répétant le même Commandement du Seigneur pour le mari, il continue : » & que le mari n'abandonne point sa fem- » me, *& vir uxorem non dimittat* *. Il ne répéte point à l'égard du mari, que s'il y avoit cause qui lui occasionnât d'abandonner justement sa femme, il faut qu'il reste sans se marier, parce que le précepte qu'il en avoit fait à la femme étoit sensiblement réciproque, suivant que ci-devant on l'a établi.

Ensuite il adresse la parole aux maris & femmes de la seconde classe, c'est-à-dire à tous maris ou femmes dont le conjoint étoit Infidele, *cœteris* *. Il leur dit, en déclarant que ce n'est point le Seigneur, mais que c'est lui qui leur parle, *cœteris ego dico, non Dominus :*

* Ibid. 7. 1 o.

* Ibid.

* Ibid. v. 11.

* Ibid. v. 12.

» Si un Fidele a une femme Infidele, & qu'elle con-
» fente d'habiter avec lui, qu'il ne la renvoye point:
» *Si quis frater uxorem habet infidelem , & hœc confen-*
» *tit habitare cum illo , non dimittat illam* *. Et si une
» femme Fidele a un mari Infidele, & que son mari
» confente d'habiter avec elle, qu'elle ne l'abandonne
» point: *Et si qua mulier fidelis habet virum infidelem , &*
» *hic confentit habitare cum illâ , non dimittat virum* *.
Et il en donne trois raifons: la premiere eft que le
conjoint Infidele fe trouve fanctifié par le conjoint Fidele , ce qui met leurs enfans dans le cas d'être fancti-
fiés, autrement ils coureroient rifque de ne le pas être:
Sanctificatus eft enim vir infidelis per mulierem fidelem ,
& fanctificata eft mulier infidelis per virum fidelem ,
alioquin filii veftri immundi effent , nunc autem fanati
funt *. La feconde eft , que le conjoint Fidele ne doit
point défefperer de procurer le falut du conjoint Infidele; que dès-là il ne doit rien négliger pour y parve-
nir , donnant à entendre que ce feroit y renoncer que
d'abandonner le conjoint Infidele ou s'en retirer. Cette
feconde raifon fe tire , à fens contraire, du verfet 16.
La troifiéme raifon eft que la Foi en JESUS-CHRIST ne
change rien à l'état civil où elle trouve celui qui l'embraffe ; d'où il fe conclut que quiconque embraffe la
Foi en JESUS-CHRIST doit ne point quitter fon état
civil, mais le garder , *unumquemque ficuti vocavit Deus ,*
ita ambulet * ; regle de conduite que Saint Paul déclare
enfeigner dans toutes les Eglifes, *& ficut in omnibus*
Ecclefiis doceo *, & qu'il répéte deux autres fois dans le
même chapitre *.

Ce que dit Saint Paul à cette feconde claffe de
Chrétiens, c'eft-à-dire à tout conjoint Chrétien qui a
un conjoint Infidele, n'eft-ce qu'un confeil, ou eft-il
un commandement exprès!

* Ibid.
f Ibid. v. 13.
‡ Ibid. v. 14.
§ Ibid. v. 17.
* Ibid.
‖ V. 20 & 24.

Si on rapproche que Saint Paul déclare que c'eſt
non lui, mais le Seigneur qui donne le commandement qu'il expoſe à la premiere claſſe des conjoints,
& que ce n'eſt pas le Seigneur, mais lui qui dit ce qu'il
adreſſe à la ſeconde claſſe, il ſemble que ce que Saint
Paul dit de lui ne doive pas avoir la même autorité que
ce que JESUS-CHRIST a dit, & qu'ainſi ce qu'a dit S.
Paul à la ſeconde claſſe ne ſoit que de ſimple conſeil.

Cependant ſi l'on fait réflexion que Saint Paul étoit
inſpiré par l'Eſprit Saint lorſqu'il écrivoit, il paroîtra
juſte de regarder ce qu'il a dit à la ſeconde claſſe de
conjoints comme regle partie de la même ſource que
ce que JESUS-CHRIST avoit dit ; d'autant que le Saint-
Eſprit a inſpiré aux Apôtres & aux Diſciples des véri-
tés & des préceptes que JESUS-CHRIST ne leur avoit
pas découverts avant ſa mort & ſon aſcenſion, parce
qu'ils n'étoient pas encore en état de les recevoir, &
qu'il réſervoit au Saint-Eſprit de les leur enſeigner,
*adhuc multa habeo vobis dicere, ſed non poteſtis portare
modo : cum autem venerit ille Spiritus veritatis, docebit
vos omnem veritatem* *.   * S. Jean 16, 12.

Mais ſans approfondir cette queſtion, qui exige-
roit pour pouvoir la décider un travail qui nous écar-
teroit trop long-tems de notre objet, & en ſuppoſant
que Saint Paul parlant à la ſeconde claſſe de conjoints
ne leur eût point fait un précepte, mais qu'il ne leur
eût donné qu'un conſeil ; & qu'au lieu de ſuivre ce
conſeil, quoiqu'appuyé de raiſons, ils ſe fuſſent reti-
rés de conjoints Infideles, lorſqu'ils auroient eû crainte
ſérieuſe, fondée même & non puſillanime, d'être
ébranlés dans leur Foi par les inſinuations, ou vexa-
tions & perſécutions de ces conjoints Infideles: Préci-
ſement en ce cas même, le conjoint Fidele qui auroit

ainſi abandonné ſon conjoint Infidele ou s'en feroit re-
tiré, ne pourroit contracter un nouveau mariage avec
aucune autre perſonne tant que vit ce conjoint Infidele,
parce que ſon lien avec cet Infidele eſt indiſſoluble;
que le précepte de la durée de ce lien autant que vivent les deux conjoints qui l'ont contracté, eſt clair;
& que le commandement (qui en eſt une ſuite) fait
à la femme, *quod ſi diſceſſerit manere innuptam*, de ne
ſe point remarier après une ſéparation, & que l'on a
démontré s'étendre au mari, eſt également clair, &
ne ſçauroit être ignoré innocemment par ce conjoint
Fidele.

Dans ce qui vient d'être préſenté, ce qu'a dit ſaint
Paul à la ſeconde claſſe de Conjoints, n'eſt que pour
recommander au Conjoint fidele de ne ſe point ſéparer
de ſon Conjoint infidele, dès que le Conjoint infidele
conſent d'habiter avec le Conjoint fidele.

Mais il porte ſa vûe plus loin. Il prévoit que le
Conjoint infidele ſe ſépare lui-même; & en ce cas,
l'Apôtre adreſſant toujours la parole au Conjoint
fidele, mais parlant du Conjoint infidele, dit, qu'il
s'en aille: *Quod ſi Infidelis diſcedit, diſcedat* * : Par ce
diſcours il ne juge point l'action de l'Infidele, il la
laiſſe au Jugement de Dieu : il a pour unique objet,
de lever tout ſcrupule au Conjoint fidele ſur l'éloignement du Conjoint infidele; le Conjoint fidele
devoit ne point quitter ſon Conjoint; il ne devoit
pas même conſentir à ſon éloignement, auſſi ſaint
Paul ne lui dit point, *laiſſez-le aller*, afin qu'on ne
puiſſe pas même ſoupçonner dans le Conjoint fidele
un conſentement à l'éloignement du Conjoint infidele; & afin de tranquiliſer le Conjoint fidele, il lui
donne trois raiſons.

* 1 Cor. 7, 15.

La

La premiere eft, qu'en pareil cas un Chrétien n'eft point affujetti à aucune fervitude : *Non enim fervituti fubjectus eft frater aut foror in hujufmodi* [*]. Qu'entendre par ce mot SERVITUTI, *à aucune fervitude* ? Eft-ce le lien du mariage ? En font-ce les fuites & effets naturels ? Il feroit abfurde de le prétendre : Et en effet ce lien & ces effets naturels fubfiftoient en Adam & Eve au moment qu'ils venoient d'être créés, & pendant qu'ils étoient en état d'innocence où on ne fçauroit dire qu'ils ne fuffent pas libres, & qu'ils fuffent *affujettis à aucune fervitude*. Et d'ailleurs l'ouvrage de Dieu, & dans fon être, & dans tous fes effets, & dans fa fin, ne peut pas être un efclavage. Mais en quoi confiftoit donc la *fervitude* dont parle faint Paul ? Elle confiftoit uniquement dans l'obligation de faire conftater devant les Magiftrats publics cet abandonnement fait du conjoint fidele par le conjoint infidele, en quoi faint Paul avoit deux points de vûe, l'un de détourner le conjoint fidele de porter cet objet (comme tout autre objet de procès ou de litige) devant des Magiftrats Payens, & l'autre de conferver au conjoint infidele une porte toujours ouverte pour le retour.

[*] Ibid.

La feconde eft, que Dieu nous a appellés dans la paix, *in pace autem vocavit nos Deus* [*] : D'où il fuit qu'il convient que le conjoint fidele tienne fon ame tranquille fur cet éloignement, autant pour s'épargner à foi-même toutes les fuites du trouble auquel il fe livreroit, que pour ne pas s'interdire les voyes de douceur capables de ramener le conjoint infidele.

[*] Ibid. y. 1y.

La troifiéme eft, que fi le conjoint fidele faifoit la moindre pourfuite pour obliger le conjoint infidele à venir le rejoindre, & que cette pourfuite réuffit au

F

conjoint fidele, ce conjoint fidele, en s'écartant par-
là du motif des deux raifons précédentes, n'auroit
aucune certitude de faire par ce moyen le falut du
conjoint infidele : *Undè enim fcis, mulier, fi virum
falvum facies ? Aut unde fcis, vir, fi mulierem falvam
facies * ?* » Car, qui eft-ce qui vous a dit à vous,
» femme, que vous fauveriez votre mari ? Et qui eft-ce
» qui vous a dit à vous, mari, que vous fauveriez votre
» femme ?

* Ibid. ɣ. 16.

Que tout fcrupule du conjoint fidele fur l'éloignement du conjoint infidele fe trouve levé pleinement
par ce difcours de faint Paul, c'eft ce qu'on ne peut
fe difpenfer de croire en confiderant ce difcours,
non-feulement comme précepte infpiré, mais même,
fi l'on veut, comme fimple confeil.

Mais où y trouver l'idée d'aucune rupture du lien
du conjoint fidele ?

Sera-ce dans le mot *difcedat* ? 1°. Ce mot en lui-
même ne parle, ainfi que le mot *difcefferit*, qui eft
dans le verfet 11, que de féparation, & non de rupture de lien. 2°. *Difcedat*, eft l'action de l'infidele,
c'eft un pur fait, qui ne fçauroit par lui-même établir un droit de rompre l'indiffolubilité du lien. 3°.
L'Apôtre n'a qu'expofé ce fait du conjoint infidele
fans le juger, & en laiffant à Dieu le Jugement :
Il n'a ni prononcé, ni pû penfer que ce fait, qui
eft un crime de l'infidele, pût jamais rompre un
lien qui effentiellement eft indiffoluble.

Sera-ce dans le mot *fervituti* ? Il faudroit regarder
le lien, dans fa fubftance & dans fes effets, comme
un efclavage : Or quelle abfurdité de traiter d'efclavage l'obéiffance à Dieu même, qui eft l'Auteur du
lien, & de la Loi de fon indiffolubilité ?

Corollaire de ces Propositions.

Il est donc évident que l'unité & indissolubilité du lien du mariage est une Loi aussi ancienne que la création de l'homme, qu'elle a subsisté dans la Loi naturelle, dans la Loi de Moyse, dans la Loi de Grace; que le divorce permis, & non commandé par Moyse, n'a jamais porté la moindre altération à cette Loi, & que saint Paul même, en prévoyant des cas où la séparation des conjoints pourroit arriver, en a maintenu l'exécution, en donnant pour durée du lien celle de la vie des deux conjoints.

S'il étoit besoin d'une tradition respectable pour assurer l'exécution de la Loi Divine, *quod Deus conjunxit homo non separet*, il ne faudroit qu'ouvrir saint Ambroise, saint Augustin, saint Jerôme, saint Bazile, saint Gregoire, saint Leon, & généralement tous les Peres, les Conciles & les Docteurs de l'Eglise depuis Jesus-Christ, jusqu'à l'époque de la Théologie Scholastique: on y trouveroit une chaîne de témoignages conformes.

Après la discussion qui vient d'être faite du texte de saint Paul, quiconque attribue à cet Apôtre l'autorisation de la rupture du lien, erre dans le fait & dans le droit; quelque multiplié qu'en fût le nombre, & quelqu'appuyé qu'il pût être sur des opinions scholastiques, jamais on ne le regardera comme pouvant ni balancer l'autorité de l'Ecriture & de la Tradition, au jugement desquelles ces opinions sont toujours soumises, ni former une chaîne de Tradition contre la Loi divine & immuable de cette unité & indissolubilité du mariage.

F ii

Il étoit donc néceſſaire & indiſpenſable de déclarer *Lévy* non-recevable en ſa demande, & il étoit impoſſible à l'Official chargé du maintien de la ſaine Doctrine, & d'empêcher la profanation du mariage, de prononcer autrement.

Appel comme d'abus, & demandes.

Lévy demande que les Sentences de l'Officialité de Soiſſons ſoient déclarées abuſives.

De moyens d'abus, il n'y en a point : Ces Sentences ont jugé un point de Doctrine : Elles ſont orthodoxes & régulieres : » Etes-vous marié? Ne demandez » point à être délié, dit ſaint Paul : *Alligatus eſt uxori? » Noli quærere ſolutionem* *.

* 1 Cor. 7. 27.

Il demande qu'en conſéquence il ſoit enjoint au Curé de publier ſes bans pour un nouveau mariage, & de lui donner enſuite & à *Anne Thévart* la bénédiction nuptiale : Et il étaye ſa demande de deux prétextes, ſçavoir ſon Baptême, & le refus de *Mendel Cerf* de revenir avec lui.

1°. Dès qu'il ne forme cette demande que par ſuite de l'abus qu'il prétend y avoir dans les Sentences, n'y ayant point d'abus dans ces Sentences, ſa demande reſte dénuée de fondement.

2°. A l'égard du Baptême qu'il a reçu, dans le droit il n'a point changé l'état d'homme marié où il étoit avant de le recevoir : La foi en JESUS-CHRIST eſt un don & une grace que Dieu verſe ſur qui il lui plaît, & qui ſanctifie le mariage loin de le détruire : *In Baptiſmo crimina ſolvuntur*, dit le Concile de Meaux, *non conjugia*. Le mariage eſt un état que le Baptême n'empêche point de garder, & que ſaint Paul preſcrit

que l'on garde lorsqu'il dit : *Unusquisque in quâ voca-*
tione vocatus est in eâ permaneat *. Dans le fait, *Lévy*,   * 1 Cor. 7. 10.
depuis même qu'il a reçu le Baptême, a reconnu son
mariage avec *Mendel Cerf* non rompu par son Baptême,
puisqu'il l'a sommée, comme sa femme, de revenir
avec lui, avec même tout exercice libre de sa Religion. Comment concilier que le Baptême n'ayant ni
eu la force de rompre, ni rompu, de l'aveu même
de *Lévy*, son mariage avec *Mendel Cerf*, pût conduire
à en faire prononcer la rupture ?

3°. A l'égard du refus de *Mendel Cerf* de revenir
avec lui, c'est le cas prévu & décidé par saint Paul,
quod si infidelis discedit, discedat; * mais saint Paul   * Ibid. v. 15.
n'enseigne point que ce crime (car c'en est un) du
conjoint infidele, détruise son lien : Et cet Apôtre qui
reconnoît & qui déclare ce lien indissoluble, tant que
les deux conjoints vivent, ne permet pas au conjoint
fidele, dont le conjoint se retire, de contracter un
autre mariage.

D'ailleurs *Mendel Cerf* refuse à la vérité de revenir
avec *Lévy*, mais elle ne lui donne point le divorce :
Par-là elle reconnoît qu'il n'y a pas de cause de divorce, ni à plus forte raison de dissolution du lien.
Il est vrai qu'elle le lui demande; mais *Lévy* ne le lui
donne pas, & il ne sçauroit le lui donner, ce qui n'est
fondé que sur ce que son lien est indissoluble : Donc
ce refus de *Mendel Cerf* de revenir avec *Lévy* est sans
force pour le rompre.

Que *Lévy* ne dise point, & qu'on ne dise point
avec lui, *melius est nubere quam uri**: Cette parole ne   * Ibid. v. 9.
s'adresse qu'à ceux qui ne sont point mariés & aux
Veuves, *non nuptis & viduis* * : Il arrive des situations   * Ibid. v. 8.
où le mariage lui-même ne tient point le conjoint à

l'abri ; & où cependant fon lien fe montre dans toute fa force, puifqu'un tel prétexte n'autoriferoit pas à le rompre : C'eft le cas de fuivre l'exemple de faint Paul *, de recourir à Dieu, & d'attendre tout de fa grace : *Suffïcit . . . gratia . . . nam virtus in infir-mitate perficitur.*

* 2 Cor. 12 , 7, 8 & 9.

Il avoit demandé devant l'Official de Soiffons l'é-xécution de la Sentence de l'Officialité de Strafbourg qui déclaroit fes liens avec *Mendel Cerf* rompus, & qui le déclaroit libre pour pouvoir contracter un nouveau mariage. Cette Sentence de l'Officialité de Strafbourg étant laiffée pour ce qu'elle étoit par l'Official de Soiffons fur les raifons ci-devant expliquées, ce chef de demande a été enveloppé avec les autres dans lef-quelles *Lévy* a été déclaré non recevable.

Lévy n'a point employé comme moyen d'abus contre les Sentences de l'Officialité de Soiffons, leur contrarieté avec celle de l'Officialité de Strafbourg, il n'a pas même demandé en la Cour l'exécution de cette Sentence de l'Officialité de Strafbourg qu'il avoit demandée en l'Officialité de Soiffons : C'eft une preuve du peu de cas qui eft fait de cette Sentence de l'Offi-cialité de Strafbourg par *Lévy* lui-même, encore qu'il en ait fait rendre compte, & à cet égard *Lévy* a eu grande raifon de n'y pas infifter ; car, 1°. Cette Sen-tence de Strafbourg eft contraire à la Loi de Dieu. 2°. En matiere de mariage, le Juge, même Ecclefiaf-tique, n'a de compétence que pour dire fi le lien exifte ou non, & il n'en a aucune pour le rompre, ni pour le déclarer rompu, parce que ce lien eft in-diffoluble. 3°. Quand même ce lien, qui eft un acte de Religion chez les Juifs mêmes, pourroit, contre toute vérité, être regardé comme diffoluble, comme

en ce cas même il auroit toujours été un contrat fy-
nallagmatique, il n'auroit pû fe rompre que du confentement des deux Parties, & non fur la réquifition
d'une feule.

Il eft clair par conféquent que cette Sentence de
l'Officialité de Strafbourg eft infoutenable.

Le mariage de *Levy* avec *Mendel Cerf* eft cimenté
fous les yeux de Dieu qu'ils ont rendu témoin &
dépofitaire de cet engagement, valide, fubfiftant, un
& indiffoluble, & de tous les effets naturels qu'il a dû
produire : c'eft un crime de la part de *Levy* que d'en
avoir propofé la rupture ; c'eft une augmentation de
crime que d'avoir fongé à en contracter un nouveau ;
c'auroit été de la part de l'Official de Soiffons parti-
ciper au crime de *Levy* que de l'autorifer à ce nouveau
mariage & à devenir ainfi *bigame,* fon premier lien
fubfiftant ; c'auroit été concourir lui-même avec *Levy*
à expofer *Mendel Cerf* à l'adultere. Cet Official a donc
fait fon devoir en le déclarant non-recevable.

Ainfi à tous égards il y a lieu de dire qu'*il n'y a
abus* dans les Sentences de l'Official de Soiffons.

*Ne fuffit de prononcer qu'*IL N'Y A ABUS.

M. l'Evêque de Soiffons & le Curé de Villeneuve-
fur-Bellot ne paroiffent pas demander autre chofe.

Mais cette prononciation feroit-elle fuffifante dans
une matiere où il s'agit de violement d'une Loi divine
& de la profanation d'un Sacrement ? Les idées des
Scholaftiques ayant prévalu dans bien des efprits fur
les décifions textuelles de la faine Théologie, quel
danger n'y auroit-il pas de laiffer, foit ouverture à
l'appel fimple, foit conduire jufqu'à Rome le fpectacle

ſcandaleux d'une prétention qui n'auroit d'autre effet que de rendre *Levy* bigame & adultere, & d'expoſer *Mendel Cerf* ſa femme à de pareils crimes ?

L'unique voye qui puiſſe efficacement pourvoir au danger de l'appel ſimple & de ce ſpectacle ſcandaleux, & empêcher ce double crime de bigamie & d'adultere, dont Levy, *Anne Thévart* qu'il veut époufer, *Mendel Cerf* ſa femme, & le nouveau mari qu'elle pourroit prendre, deviendroient coupables, & qui les ſouilleroit tous & les rendroit ſuivant l'expreſſion de Moyſe même, *abominables aux yeux du Seigneur*, & non-ſeulement de déclarer qu'*il n'y a abus*, mais de déclarer Levy *non-recevable* dans ſon appel comme d'abus, & lui faire (ſelon un uſage fréquent en la Cour) défenſes de contracter aucun mariage, tant que vivra *Mendel Cerf* ſa femme.

L'unité & l'indiſſolubilité du mariage étant l'ouvrage de Dieu, & en même tems une Loi divine, la puiſſance publique, qui émane de Dieu même immédiatement, a pour miniſtere & pour devoir d'en maintenir l'exécution : Les dépoſitaires de cette Puiſſance ſont donc compétens à cet effet, & par conſéquent ne doivent point balancer à embraſſer cette voye qu'ils ont en leurs mains d'en empêcher le violement.

Cette unité & indiſſolubilité du mariage appartient à la Foi : & la Puiſſance publique ne peut & ne doit jamais permettre rien qui pût tendre à rendre ce point de Foi problematique, & à entamer le dépôt de la Foi dont elle doit procurer la conſervation dans ſon integrité.

Ces deux motifs ſuffiſent ſeuls également, & pour ſtatuer ſur la demande de Levy, & pour prévenir & empêcher le double crime qu'en produiroit la réuſſite, & de bigamie & d'adultere.   Nul

Nul doute que tant que vit *Mendel Cerf* & qu'en conféquence le mariage d'entre *Levy* & elle eft fubfiftant, un mariage de *Levy* avec *Anne Thevart* rendroit *Levy* bigame, comme un mariage de *Mendel Cerf* avec un autre que *Levy*, rendroit *Mendel Cerf* bigame. Or c'eft un crime prohibé par le droit naturel, que même les Payens policés ont condamné & même noté d'infamie, & que le culte du vrai Dieu fait rejetter avec horreur, & il y a des Loix qui y font précifes. Que celui qui a deux femmes foit noté d'infamie, difoit le Jurifconfulte Julien, *notatur infamiâ* ..... qui .... *binas nuptias eodem tempore conftitutas habuerit.* L. I, ff. *de his qui notantur infamiâ:* La même difpofition fe trouve confirmée par differentes autres Loix, dont l'une des Empereurs Diocletien & Maximien, ajoute, que le Juge ne doit pas laiffer ce crime impuni, *Quam rem competens Judex inultam effe non patitur,* L. 2, Cod. *de inceftis & inutilibus nuptiis.* La Puiffance publique en France n'a pas un moindre pouvoir qu'elle avoit dans l'Empire Romain, & furtout pour empêcher la perpétration d'un crime qu'elle ne pourroit fe difpenfer de punir s'il étoit commis.

Il eft également certain qu'il y auroit adultere & de *Levy*, & d'*Anne Thievart* qu'il épouferoit, & de *Mendel Cerf* fi elle fe remarioit, & de celui qu'elle épouferoit; c'eft ce qui a été ci-devant établi par l'Ecriture fainte, & ce qu'en outre tenoit le Pape Innocent dans fa Lettre à Spire, Evêque de Touloufe, qui lui avoit demandé, fi ceux qui après un divorce fe marioient, étoient adulteres : » Quiconque, dit ce » Pape, après un divorce, fe remarie, ne peut pas ne » pas paroître adultere ; & non-feulement celui qui » fe remarie ainfi eft adultere, mais il rend auffi adul-

G

» tere celle qu'il époufe , *qui ergo , vel quæ , viro vel*
» *uxore vivente , quamvis diffociatum videatur effe con-*
» *jugium , tamen ad aliam copulam feftinaverint , non*
» *poffunt adulteri non videri : in tantum ut hæ perfonæ ,*
» *quibus tales conjunctæ funt , etiam ipfæ adulterium*
» *commififfe videantur fecundum illud quod legimus in*
» *Evangelio ;* QUI DIMISIT UXOREM SUAM , ET DUXERIT
» ALIAM, MOECHATUR; SIMILITER ET QUI DIMISSAM DUXE-
» RIT , MOECHATUR (*a*). Or il n'y a point de difficulté

(*a*) Oeuvres de S. Leon. Edition de Coignard , à Paris 1675 , tom. 2 , page 87. *In Codice Canonum Ecclefiæ Romanæ.*

que la Puiffance publique doit prévenir d'auffi grands crimes, & empêcher qu'ils foient commis.

Ce ne fera pas une entreprife de la Puiffance publique fur la Puiffance Eccléfiaftique , que de ftatuer à ces égards. Car fi parmi les Chrétiens , ce qui intéreffe la Religion dans le mariage , a pu donner lieu à l'autorité Eccléfiaftique de connoître de différentes queftions fur le mariage , la Puiffance temporelle qui tient feule de Dieu immédiatement & avant même que l'Eglife exiftât , le pouvoir de prefcrire des regles, pour contracter valablement des mariages , & de déclarer nuls & non contractés les mariages qu'on auroit ofé contracter au mépris de ces regles , qui même a le droit de rendre les perfonnes habiles ou inhabiles à le contracter ; a le droit auffi d'empê-cher qu'on ne contracte des mariages contraires à la Loi de Dieu , & par conféquent criminels en eux-mêmes , & de déclarer inhabiles à en contracter de tels ceux qui fe préfentent à elle pour y être auto-rifés ; » Car (difoit, le 15 Février 1677 , M. Denis
» Talon , Avocat Général) comme les mariages par
» leur nature , par leur objet & par leur fin , font des
» Contrats civils, auffi ne peuvent-ils être établis que
» par une Puiffance fouveraine. Rendre ce Contrat

» légitime ou invalide ; rendre les perfonnes qui
» contractent, habiles ou inhabiles au mariage, c'eft
» l'effet d'un pouvoir fouverain fur le temporel. Il
» n'y a que le Légiflateur ou le Prince qui donne la
» force aux Contrats, qui en puiffe prononcer la va-
» lidité ou invalidité.

Si l'Officialité de Strafbourg s'étoit trouvée du
reffort du Parlement, ou fi *Levy* avoit pris en la Cour
des conclufions précifes en exécution de la Sentence,
portant rupture de fon lien, & prononcée par cette
Officialité, il feroit indifpenfable au Miniftere public
d'en interjetter appel comme d'abus, parce qu'elle
eft contraire à la Loi de Dieu, qu'elle altere l'integrité du dépôt de la Foi, & qu'elle expofe à des
crimes défendus par les Loix divines & humaines, &
qui deshonoreroient la Religion & l'Etat.

Déliberé à Paris ce 30 Décembre 1757. POTHOUIN
D'HUILLET. TRAVERS.

Del' Imprimerie de la Vcuve PAULUS-DU-MESNIL, ruc de la Vieille Draperie, 1757.

www.ingramcontent.com/pod-product-compliance
Lightning Source LLC
Chambersburg PA
CBHW061707180626
46818CB00003B/1300